رواية

كادير فا كتوري

مصنع المهن

د. جُمان الريحاني

إهداء..

إهداء إلى سارة

إهداء إلى الدكتورة سارة

د. سارة لونا ر

For Sara

Sara Luna

Dr. Sara Luna R

جمان الرماني

عام 3980

توجهت سارة س أس 3 اكس مع زوجها جيرالد ج اس 4 اكس إلى مصنع الحياة، وهو مصنع خاص بالولادات الجديدة، حيث كانا قد تقدما بطلب من أجل الحصول على طفل.

في هذه الوقت.. لم يعد التوالد والإنجاب بهذه الطريقة، بل أصبح بطريقة مختلفة تماما.

تم إرسال البويضات والمحلول الذكري إلى مصنع الحياة في آخر خطوة من التخطيط لأجل الإنجاب

تلك البويضات والمحلول كانت في فندق الحيوانات، وذلك منذ زمن طويل.

فسارة هو اسم السيدة التي توجهت إلى مصنع الحياة، ومعنى س اس 3 هو شيفرة تعني بأن سارة قد عاشت ثلاث حيوات أي ثلاث مرات.

لم تعد الحياة مثلما هي اليوم، بل أصبح الشخص يعيش أكثر من حياة حتى يمل من الحياة، ويقرر الانتقال إلى عالم آخر أو ربما يستمر في العيش قدر ما يشاء طالما أنه ناجح في تلك الحياة، وليس مجرّد شخص تافه بلا هدف.

أما بالنسبة لسارة قد عملت في حياتها الأولى، وهذا ما جعلها تمتلك التذكرة للعبور إلى حياة جديدة، ولكن كان يجب أن تستمر في النجاح وأن تعمل من أجل حياة أخرى إذا أرادت ذلك.

أما حرف اكس فهو يعني كنية زوجها السيد اكس بالنسبة لزوجها جيرالد ج اس 4 يعني أنه عاش أربع حيوات أي أنه خلق قبل سارة بحياة كاملة.

فندق الحياة

وفي الحياة الأولى فقط يكون الجسم طبيعي وحي ومليء بكل الوظائف الحيوية، وفي تلك الحياة يقوم الشخص مهما كان رجل أو امرأة بتخزين البويضات والسائل المنوي من أجل وهب الحياة في يوم من الأيام، لطفل يكون لهما وعلى اسمهما.

ولكن عملية الولادة لم تعد مثل ما نعرفه، بل أنها مسالة وهب الحياة وبطريقة معينة.

مصنع الحياة

طريقة وهب الحياة، هي أن يتفق الزوجان على توليد طفل وذلك بالطريقة التالية.

يتفق الزوجان على التوليد، وبعد ذلك يتفقان مع مصنع الحياة فيناقشون الأمر معه للاتفاق على كل التفاصيل.

وبعد أن يتفقوا على كل شيء، يأتي دور استقبال مصنع الحياة لمستلزمات التوليد من فندق الحياة

وفي اليوم الموالي..، وبعد أن يفك التجميد على البويضات والسائل المنوي، يتلقى الزوجان اتصالا لتأكيد موعدهما في مصنع الحياة.

يأتي الزوجان من أجل التوقيع على الأوراق من أجل البدء في التوليد في نفس اليوم.

وبالفعل بعد أن يراجع الزوجان الأوراق يقوم الاثنان بالتوقيع عليها جميعها، وهي أوراق تخص المولود.

التفاصيل التي يوقع عليها الزوجان فيها ما يلي:

شكل المولود:

لون البشرة

لون الشعر وطوله

لون العينين وملامح الوجه

الطول والوزن

العمر

المهنة

الموهبة

وبعض التفاصيل الأخرى

أحضرت معها السيدة سارة صورة لجدتها التي كانت تريد لابنتها أن تشبهها كثيرا.

لقد وعدت السيدة سارة جدتها قبل أن تنتقل إلى عالم آخر، بأن تعيد إحيائها في ابنتها، إن هي قررت وهب الحياة لطفلة في يوم من الأيام.

لم تقصد أن تعيد روحها، بل فقط أن تعيد شكل جسدها ووجهها في فتاة جديدة، وبدون روح الجدة كما أن السيدة سارة قد قررت أن تطلق على الفتاة اسم جدتها جونيا.

فمصنع الحياة يطلب كل المعلومات مثل الاسم والشكل وفق صورة أو ربما فقط وفق إرشادات بالتفاصيل والمواصفات، وربما يساعدهم رسام المختبر على التوصل إلى أقرب صورة في خيال الزوجين.

طلبت السيدة سارة وما كتبته على تلك الأوراق

ابنة في عمر 24 سنة

خريجة فنون بصرية

وأن تستطيع أن تعمل في أي من مجالات السمعي البصري

مغنية، راقصة، ممثلة، مذيعة

وأن تكون جميلة شقراء ومحبّة للحياة

أرادتها أن تكون ذات إرادة قوية من أجل أن تعيش أكثر من حياة.

لقد كانت السيدة سارة مذيعة قبل زمن طويل وأرادت لابنتها أن تشغل أي وظيفة قريبة من مجالها.

أما زوجها فقد كان أحد المليارديرية في تلك المنطقة ولديه الكثير من الأموال، وربما تعب من الحياة لذا اتفق مع زوجته على التوليد، لكي يترك تلك الأموال لشخص ما.

في ذلك العالم الكثير من المهن أصبحت فقط من اختصاص الآلات والروبوتات، ولم يعد يشغلها الناس.

مثل سائق سيارة أو مترو أو طائرة.

ومثل الطبخ والتنظيف، وغيرها من الأعمال اليومية.

كما أن المهن الأخرى يكون لها صاحب وصورة له في المجتمع، والتفسير سوف يأتي فيما بعد.

بعد أن وقعت السيدة سارة وزوجها على كل الأوراق وتمّ التصديق عليها ومراجعة كل المعلومات بإمعان لأن مصنع الحياة لا يقوم بتصحيح الأخطاء إن وجدت، لأنهم يحرصون على مراجعة التفاصيل، وكل المعلومات على الأوراق قبل توقيعها لأخر مرة

ويتم الاستلام بعد أربعة وعشرون ساعة

حيث يأتي الزوجان إلى مصنع الحياة لاستلام ابنتهم التي ينتظرانها بفارغ الصبر، وحسب المواصفات التي يريدان.

وبعد مرور أربعة وعشرون ساعة جاء الزوجان إلى مصنع الحياة، لكي يستلموا ابنتهم البالغة من العمر 24 سنة، وقد تكلف ولادتها ثروة وليس الجميع قادرون على التوليد في حياة غير حياتهم الأولى.

من يفعلون ذلك هم الأغنياء والذين استطاعوا أن يحتفظوا ببويضاتهم والسائل المنوي في فندق الحياة، وفضلوا أن يستمتعوا بالحياة الأولى دون إنجاب ومسؤوليات.

حتى أن بعض السيدات يفقدن الحياة عندما يقررن الإنجاب، لأن الأمر أصبح صعبا.

أما في الحياة الأخرى فان مصنع الحياة يوفر لك أطفالا في 24 ساعة وفي السّن الذي تريده وبالشكل الخارجي الذي تريده، وبالإرادة التي تبحث عنها،

بشرط أن تكون شخصية طيبة وأيضا أن تكون صفاتها موجودة أصلا في الوالدين، وربما في بعض الأجداد.

استلم الزوجان ابنتهما التي جاءت مع شهادة من معهد الفنون البصرية، وأيضا مع هوايات تميل إلى والدتها فيها، كما أن لها طريقة تفكير رجل أعمال مثل والدها.

وإذا رفض الطفل أو الوليد إحدى الصفات فيه فإنه يلغيها من عقله تماما، ولا يستعيدها لأنه اكتسب تلك الأمور في مصنع الحياة لكنه هو من يسريها.

كان اللقاء مشوّقا فقد كانا في انتظار ابنتهما لوقت طويل، أي منذ أن قررا التوليد.

وانتظرا أن يتم تجميد البويضات والسائل المنوي، كما أنهما قد كانا متشوّقان لرؤية الابنة لأول مرة وأن يطمئنا بأن لها كل الصفات الجسدية التي طلباها من

المصنع بالإضافة إلى الصفات المعنوية، وأيضا التخرج والشهادة والطموح.

كما أن الفتاة قد كانت سعيدة وسرت بلقائهما لأول مرة، وقد كان اللقاء روحيا كثيرا لأنها كانت في حياتها الأولى مليئة بالحياة في كل جسدها والوظائف الحيوية.

وأيضا لأنها كانت قد تعرفت على والديها من الصور وبعض أشرطة الفيديو التي يقوم المصنع بتصويرها للوالدين من أجل الإنشاء للطفل.

إنها بعض فيديوهات يعرفان عن بعضهما، وفيديوهات لكل منهما لوحده.

كما أنهما في تلك الفيديوهات يقوم الوالدان بالتعريف عن نفسيهما، ويقومان بالتكلم عن رغبتهما في التوليد، وأيضا لما اختارا جنس الجنين ذلك بالذات.

وآخر فيديو هو أمالهما في ذلك الطفل، وكل ما يحلمان به وما يأملان أن يتوفر فيه.

لأول يوم في البيت

أخذ الوالدان سارة وجيرالد ابنتهما وتوجها إلى البيت، بعد أن توجها إلى مصنع الحياة بالشكر الجزيل، وأبديا إعجابهما بالنتيجة العظيمة.

أخذا صورة، أول صورة لهما، أول صورة حقيقية رغم أن مصنع الحياة قد أعطاهما صورة أوليّة عن الابنة المحتمل الحصول عليها، ولكن الصورة الحقيقية كانت تعني لهما الكثير.

الفتاة جونيا كانت هي الأخرى معجبة كثيرة بكل ما حدث معها، فقد تم توليدها وبلغت سن 24 سنة في غضون 24 ساعة فقط كما أنها تحصلت على مواهب وشهادة جامعية مثلما طلب والداها.

بعد أن أخذاها في جولة في بيتهما، وأيضا أخذاها إلى غرفتها التي نالت إعجابها وأخبرت والدتها بأن الغرفة كما تخيلتها تماما.

قام السيد جيرالد بإعطاء زوجته فرصة لكي تتناغم مع ابنتها، قبل أن يقوم هو بتبادل أطراف الحديث معها، من أجل أن يجعلها تفهم واجباتها وأولياتها في الحياة، بالإضافة إلى أنه كان يريد وبشوق أن يكلمها في أمر مهم جدا.

الأمر المهم كان هو السبب الأول الذي دفع السيد جيرالد للتفكير جديا في موضوع التوليد.

لقد كان السيد جيرالد يشعر ببعض التعب وكأنه لم يعد يطمح لحياة أخرى، لذا أراد القيام بعملية التوليد من أجل أن يصبح له وريث في حياته.

لقد كان السيد جيرالد ثريا ولكنه لا يظهر ذلك ولا يتباهى بأمواله، كما أنه لم يعتمد على الأموال التي تركها له والداه من قبله، بل قد بالعمل جاهدا لكي يصبح ذا فائدة في المجتمع، كما أنه كان يؤمن بالعمل الشخصي، وجهد الإنسان الذي يبذله بنفسه يجعله يعيش أسعد من ذلك الذي يعتمد فقط على ما يرثه.

كان يقول:

الإنسان هو صانع حاضره ومستقبله، ومن يعتمد على ما يتركه له الماضي لا يمكن أن يتوقع ما قد يجلبه له المستقبل.

لقد كان رجلا حكيما، ولكنه غامض ولا يظهر شخصيته للناس جميعا، بل كان يلبس التواضع على الدوام.

كان لكل من الوالدين الكثير من النصائح والتوجيهات، التي يجب أن يلقناها لابنتهما الوحيدة.

أخبرتها والدتها عن أحلامها وأمالها فيها، كما أنها قد قصت عليها الكثير من تفاصيل حياتها، وأخبرتها عن والديها وعن جدتها التي كانت جونيا بالفعل تشبهها.

لقد كان كل كلامها تقريبا عن حياتها الأولى فهي الأهم، وهي التي تصنع الحيوات التي تأتي من بعدها.

لقد أخبرتها عن الكثير من تجاربها في الحياة، وعن تعرضها للخطر في كثير من المرات.

كما أخبرتها بأن العالم قد تغير منذ تلك المرة التي كانت فيها تشعر بأنّها من لحم ودم.

وأعطتها الكثير من النصائح لكي تتجاوز الحياة إلى حياة أخرى، فقد كان عليها أن تثبت نفسها وأن تقنعهم بأن تستحق أن تمر إلى حياة أخرى، فتذكرتها

للعبور هي أن يكون لها فائدة في هذه الحياة، أي في حياتها الأولى.

٣١

لقد كان لديها المال وهذا سبب كاف لكي تحصل على حياة أخرى، ولكن أرادت منها والدتها أن تتجاوز هذه الحياة بقدراتها وخاصة لأن هذه كانت طريقة تفكير والدها أيضا.

مصنع الطعام

طلبت السيدة سارة من ابنتها أن تهتم بصحتها لكي تستمتع بالحياة، وأخبرتها عن المكان الذي تقدم فيه الوجبات وهو مصنع الطعام.

فبالرغم من أنهم أثرياء إلا أنه لا يمكنه طلب الطعام إلى البيت فالطعام الحقيقي، والذي تعتمد عليه الحياة الأولى لا يقدم إلا في مصنع الطعام.

وأيضا يقدم ببطاقة وبوجبات خفيفة، محسوبة لكل فرد، ولا ترمى بواقي الطعام بل يعاد تدويرها، ولا يوجد مكان لرمي النفايات أيضا في هذا العالم.

وهكذا يجب على الأفراد الذين يعيشون حياتهم الأولى، التوجه إلى مصنع الطعام مرتان يوميا من أجل تناول وجبة.

لكن توجد وجبات تصنع في البيوت، والتي تعتمد على المعلبات والمواد المصنعة، وليست تعتمد على المنتجات اليومية من حليب وبيض ولا على المنتجات الأرض من خضر وفواكه.

لقد كان العالم يعاني شحا في المنتوجات الطبيعية لذا كانت الأراضي الزراعية والتي لم تعد أراضي، بل أصبحت بنايات بطوابق وفي كل طابق ينتج محصول ما.

مثلا طابق للطماطم وطابق للفلفل وطابق للكوسا وغيرها وكلها تنتج في بنايات تشبه إلى حد ما البيوت البلاستيكية والتي تتغذى على الشمس الاصطناعية، والمياه المعدلة.

وهذه الخضار لا تباع في الأسواق، بل كل تلك البنايات هي ملك للدولة، وتوجه للاستهلاك البشري بطريقة مقننة وأيضا بطريقة محسوبة، وفقط لأصحاب الحياة الأولى.

قدمت السيدة سارة كل النصائح إلى ابنتها الحبيبة، وقامت بدور الأم بشكل جيد وكأنها كانت أما من قبل.

أخبرتها عن تجميد البويضات، وخاصة أن لديهم الكثير من المال وتستطيع أن تدفع ثمن رصيد بنك البويضات لمدة الحيوات التي تريد وقد جهدا لها مبلغا من المال لأجل ذلك.

وقدمت لها نصيحة تتعلق بالإنجاب والتوليد، وهي أن لا تفكر في هذا الموضوع في هذه الحياة، لأن هذه الحياة هي أعظم نعمة، وهي لا تشبه الحيوات التي تليها.

بل هي حياة متميزة وتحدث في العمرة مرة واحدة، كما قالت لها وبكل صراحة عليك أن تقومي بأمرين في هذه الحياة وهما:

الأول:

استمتعي بحياتك ولا تفكري في أي أمر آخر، بل فكري في حب الحياة، حب نفسك، وحب كل التجارب التي سوف تمرين بها.

استمتعي بكل لحظة في هذه الحياة، ولا تفكري في الحياة الموالية إلا في أمر واحد وهو الأمر الثاني.

الثاني:

وهو أن تقدمي لنفسك هدفا في هذه الحياة، وأن يكون هو مركز حياتك الموالية.

يجب أن يكون لديك مهنة، وليست أية مهنة بل مهنة تحبينها، لكي تصبح مركز حياتك، وهي هوايتك

أيضا لكي لا تتركيها مهما تقدمت في الحياة، ومهما عشت من حياة.

يجب أن تكون مهنتك حياتك وهوايتك وليس اعتمادك المادي عليها، بل سوف تعتمدين على الأموال التي سوف نتركها لك أي انك لست مضطرة للعمل من أجل المال لكي تعيشي.

المال موجود..، ولكن.. يجب أن تعملي.. وهذه قناعة والدك.

أرادت الابنة الطيبة أن تفهم من والدتها طبيعة العمل فقالت لها:

والدتي أشكرك على كل النصائح، ولكن لدي بعض الأسئلة، فيما يعلق بالعمل الذي يجب أن يكون هدف حياتي

السيدة سارة:

تفضلي يا ابنتي.. واطرحي كل الأسئلة التي تدور بخاطرك

جونيا:

شكرا.. يا والدتي

السيدة سارة:

نعم.. يا حبيبتي يجب أن تغتنمني الفرصة أننا مع بعضنا وأن تطرحي كلما يدور ببالك من أسئلة، فإنه

من غير المسموح التواصل مع الأبناء بعد مغادرتهم
بيوت أهاليهم.

جونيا:

أجل.. وموعد المغادرة ليس ببعيد

السيدة سارة:

أجل.. يا حبيبتي.. الوقت يمر بسرعة كبيرة

جونيا:

وغدا سوف أغادر هذا البيت

السيدة سارة:

أجل.. يا حبيبتي.. غدا هو اليوم الموعود

فالحياة لقاء وفراق.

جونيا:

ما أريد أن سأل عنه هو ما يلي:

والدتي.. أنا اعرف كل الهوايات التي كنت تمارسينها، وأعرف تقريبا كلما تحبين من مهن فما الذي تنصحينني به.

ماذا تريدين مني أن أفعل؟

وأنا أتقن ثلاث لغات، وأحب دراستي ولا أعرف ما يمكنني أن اعمل؟.

أنا أشعر ببعض الحيرة

السيدة سارة:

حبيبتي لا تحتاري.. بل فكري في أكثر أمر يجعلك سعيدة، وذلك هو ما أريدك أن تقومي به

جونيا:

أظن.. أنني أحب التمثيل، وأحب المسرح، وأحب التصوير، وأحب أيضا الإخراج

أحب كثيرا الإذاعة والتلفزيون

هل أصبح مذيعة مثلك؟

كما أنني اعتقد بأن لي ميولات كثيرة للموسيقى، فأنا أسمع أصواتا جميلة في كل مكان.

السيدة سارة:

حبيبتي.. لا تفكري هكذا

فهكذا سوف تشعرين بالتعب، بل يجب أن تفكري في كل موضوع لوحده، وفكري بروية وربما ابحثي عن تلك المجالات، أو جربي إحداها وإن أعجبك استمري فيه.

ولكن.. إبدائي بالأفضل أو المفضل لديك ويليه الأقل تفضيلا إلى أن تصلي إلى الذي فقط تعتقدين بأنه ربما جيد، فربما يكون هو الأفضل من حيث التجربة.

التجربة تختلف عن التفكير في أمر ما.

جونيا:

حسنا.. يا والدتي..

السيدة سارة:

جيد.. ، هكذا أظن أنك تسيرين في الطريق الصحيح

حبيبتي.. أتمنى لك الأفضل

جونيا:

شكرا.. يا والدتي..

السيدة سارة:

حبيبتي.. لا يوجد شكر بين أفراد العائلة، وما أقوم به هو واجبي من ناحية الأمومة

فأنا من يجب أن تتعلمي منها، وأنا من تأخذين بداية الطريق منها.

جونيا:

أنا ممتنة لك يا والدتي..، وسعيدة لأنني ابنتك

السيدة سارة:

نفس الشعور يراودني يا حبيبة قلبي، وأنت هي الابنة التي كنت أحلم بها دائما

نصائح الارتباط

قبل أن تذهب الابنة إلى فراشها، لكي تنام الليلة الوحيدة التي تقضيها في بيت والديها، قدمت لها والدتها آخر نصائحها.

لقد كانت تلك هي الليلة الأولى والأخيرة التي تقضيها جونيا في بيت والديها السيد جيرالد والسيدة سارة، فقد كان ينتظرها بيتها الخاص والذي أمنه لها والداها.

لقد كان بيتا جميلا وعصريا من طابقين، وكل جدرانه من زجاج وأثاثه باللون الأسود.

وفّر لها والداها في البيت روبوتا طباخا، وروبوت عامل البيت، كما أن للبيت نظام أمني خاص لأجل حماية الابنة الوحيدة لهما.

فقد كانت تنتظرها حياة جميلة وسهلة ومؤمنة من كل الجوانب، وسهلة من حيث توفر الضروريات والكماليات، التي يمكن أن يفكر فيها أي إنسان.

ولكن الإنسان في ذلك العصر لم يعد يفكر مثل اليوم، لم يعد همه الوحيد الجري وراء لقمة العيش، بل يولد مرفها ولكنه لا يرتاح بل يفكر كثيرا في مهنته وإنتاجه، لأجل أن يمر إلى حياة أخرى.

كان آخر حوار بين الوالدة والابنة حول الرجال والارتباط والحياة العاطفية، ومواصفات الرجل المثالي فقالت السيدة سارة لابنتها:

حبيبتي.. آخر نصيحة تقدما الأم لابنتها هي عن الرجل

جونيا:

عن الرجل؟

السيدة سارة:

أجل.. يا ابنتي، اسمعيني جيّدا وافهمي كل كلمة أقولها لك.

جونيا:

حسنا.. يا والدتي..

السيدة سارة:

نحن.. لا نعيش في هذا العالم لوحدنا، ولا نخلق لوحدنا ولم نخلق كذلك في القديم

المرأة دوما مع الرجل فهو النصف الثاني لها

جونيا:

أنا فهم هذا يا والدتي..

السيدة سارة:

أعلم يا ابنتي ولكن ربما ما لا تفهمينه هو شيء آخر

جونيا:

وما هو؟

السيدة سارة:

هذا الأمر مهم جدا وهو ما سيجعل حياتك سهلة

ليس كل الرجال سواء

يجب أن يقع اختيارك على رجل جيد

فالرجل الجيد هو السعادة

والرجل السيئ هو حكم بالموت، أو الحكم بمؤبد في زنزانة مظلمة مليئة بالحشرات.

جونيا:

لقد فهمت

السيدة سارة:

اسمعي مني المزيد يا ابنتي

جونيا:

حاضر..

السيدة سارة:

يجب أن تتوفر في الرجل مواصفات معينة، لكي توافقي على أن يصبح جزء من حياتك

جونيا:

وما هي؟

السيدة سارة:

أنصتي واحفظي كلامي

جونيا:

أنا في الاستماع..

السيدة سارة:

الرجل يجب أن يكون محترما

لطيفا

كريما

خلوقا

محبا

وفيا

وأن يحتويك وأن يعاملك على لأنك أنت هي الحياة بالنسبة له، ولك كل الأوليات

جونيا:

كل هذا؟

السيدة سارة:

أجل.. يا حبيبتي وإن نقص منه شيء فهو لا يناسبك

جونيا:

حسنا يا أمي..

السيدة سارة:

وهناك أمر آخر

جونيا:

أخبريني عنه رجاء..

السيدة سارة:

يجب أن يكون ذلك الرجل يشبه والدك متواضع وفي نفس الوقت غني

جونيا:

غني؟

السيدة سارة:

أجب يجب أن يكون غني لكي يمر معك إلى حياة أخرى، فالحب يحتاج أكثر من حياة لتعيشيه وتستمتعي به

جونيا:

ولكن.. أنا لدي المال..

السيدة سارة:

حبيبتي أنت لن تتصرفي في مال والدك إلا إذا قدمت في حياتك هذه ما يستحق أن تكافئي عليه للعبور، وهذا نفس الشيء بالنسبة للشاب الذي أريدك أن ترتبطي به.

فقد قلت لديه المال وأنا أعني بذلك أنه رجل جاد، وقد قدم للحياة ما يستحق به العبور إلى حياة أخرى، فهناك من يلهو في حياته ويلتفت للملذات حتى يفوت الأوان، فلا يستحق مال والديه ولا يعبر.

إنها معادلة الحياة هكذا

جونيا:

لقد فهمت يا والدتي..

السيدة سارة:

وآخر نقطة اذكرها لكي، هي أن تتفقي مع الرجل الذي تختارينه شريكا لحياتك القادمة على المدة التي ستعيشانها معا

جونيا:

هل هذا يعني أنك قد اتفقت مع والدي على كل تلك الحياة لكي تعيشانها معا

السيدة سارة:

أجل.. طبعا..

لقد اتفقنا على أن نعيش ثلاث حيوات معا، أولها التي التقينا فيها، ولم نقرر بعد أن كانت هذه سوف تكون الأخيرة.

جونيا:

الأخيرة؟

السيدة سارة:

لا تحزني يا ابنتي سوف تعرفين مع مرور الحيوات معنى كلامي.

سوف تصلين إلى مرحلة تشعرين فيها بأنك تريدين الراحة وأن تنتقلي إلى عالم آخر، وأن لا تعودي إلى هذا العالم.

نحن قد قررنا أيضا أن نقوم بالتوليد في هذه الحياة، ونحن سعيدان بذلك فأنت ابنة رائعة يحلم بها أي زوجين.

جونيا:

وأنا أحبكما يا والدتي كثيرا.

ضمت الأم ابنتها، وكلاهما متأثرة بالحوار الذي دار بينهما.

نصائح المال والأعمال

55

صباح اليوم التالي جاء دور اللقاء بين الوالد وابنته، والاجتماع الهام فاستدعى السيد جيرالد ابنته الوحيدة إلى مكتبه، وقدم لها بعض الأوراق، وراح يكلمها في أمور المال والأعمال وكل الثروة التي تركها لها، وكلمها عن والديه، وعن عمله هو في الحياة، ولكنه استهل كلامه بأن سألها وقال:

ابنتي.. ما هو رأيك في الحياة؟

جونيا:

في رأيي أنها جميلة ..

فالهواء الذي يتجدد في الرئتان باستمرار، يجعلني أشعر بالنشاط والانفتاح على العالم.

السيد جيرالد:

جيد.. جيد..

وماذا أيضا؟

جونيا:

ومن النعم التي أشكر الحياة عليها، هي أنتما يا والدي فأنتما أفضل والدان على الإطلاق.

السيد جيرالد:

ولما تقولين ذلك؟

جونيا:

أنتما والدان محبان، عطوفان مراعيان ومهتمان لكل تفاصيل حياتي، مثلما تهتمون بتفاصيل حياتكما

السيد جيرالد:

ولكن.. هذا واجب الأبوة يا ابنتي

جونيا:

لقد قرأت كتبا يا والدي، وأعرف جيدا بأنه ليس كل
الآباء هكذا.

السيد جيرالد:

جيد.. لا أريدك أن تقتنعي برأي الشخص الذي
يحاورك بسرعة، بل يجب أن تتمسكي بأرائك عندما
تكونين على حق، وأريدك أن تقرئي أكثر وأن تكوني
حكيمة في اتخاذ قراراتك.

جونيا:

سوف أفعل ذلك يا والدي

السيد جيرالد:

والآن إليك يا بنتي هذه الأوراق التي يجب عليك أن
تقومي بتوقيعها

جونيا:

أوراق ماذا؟

السيد جيرالد:

أعجبتني هكذا يجب أن تكوني حريصة، وتفهمين كل خطوة تقومين بها، ولا يجب أن توقعي على شيء حتى تقرئي كل الأوراق وبحرص.

جونيا:

شكرا.. يا والدي..

السيد جيرالد:

هذه الأوراق تخولك من التصرف في كل أموالي

جونيا:

لماذا؟

السيد جيرالد:

إنها لمستقبلك، ولكي تمري إلى حياة أخرى، ولكنها مشروطة بعملك في هذه الحياة

جونيا:

حسنا.. فهمت..

السيد جيرالد:

لدي مال كثير، وأريدك أن تحصلي عليه

جونيا:

حسنا..

السيد جيرالد:

لدي وصية أخرى لك لها علاقة بالأعمال، ولكن أريدك أن تنصتي لي جيّدا..

جونيا:

تفضل.. يا والدي..

السيد جيرالد:

إنها وصايا متنوعة، وعليك أن تركزي على كل كلمة وحرف

جونيا:

نعم.. أنا في الاستماع.

السيد جيرالد:

أولا:

لا تثقي في أي شخص، ولا تثقي بسهولة.

ثانيا:

لا توقعي على أية أوراق إلا بحضور محامي توكلينه وتعرفينه منذ سنوات، وهناك محامي أنا كنت أتعامل معه وأنصحك به، وإن كان سيتقاعد من الحياة يستطيع أن يوصيك بشخص ما.

ثالثا:

راقبي الناس والأمور بعين حكيمة .

رابعا:

عاملي الناس بتواضع، يرفعوك إلى مقام عال .

لا تتكبري فتنكسري.

خامسا:

لا تكوني اتكالية واصنع مهنة لنفسك، لا تعتمدي على الغير، ولا على أموال الغير، فمهما كانت صلة القرابة بيننا فالمال الذي أعطيته لك هو تعبي أنا، وتعب والدي من قبلي، وتعب جدي، ولا تعب لك فيه .

سادسا:

استمتعي بالحياة، ولكن دائما فكري في المستقبل، واحسبي حساباتك، لكي لا ترتكبي خطا لا يصحح.

فالحياة لا تعطي فرصة لتصحيح الأخطاء.

سابعا:

لا تنسي موضوع الإنجاب، فليكن من أولوياتك في هذه الحياة يمكنك أن تفعلي ما فعلته والدتك (مصنع الحياة).

يجب أن تنجبي في حياة ما من أجل أن تجدي شخصا يستلم المال من بعدك، وأن يكون لك طفل ووريث، وريث يرث ثروتك وثروة أبائك، وإلا ضاع جهد والدك وأجدادك، وأخذه شخص آخر لا علاقة له بنا.

ثامنا:

أما بالنسبة لشريك حياتك فيجب أن تختاري رجلا من طبقتك الاجتماعية، وأن تكون له نفس صفاتك لكي تعيشي مرتاحة في حياتك.

فربما رجل أقل منك مستوى قد يكون طامعا بالمال،
وبالمرور معك إلى حياة أخرى وربما يكون هدفك أن
يأخذ مالك.

الناس ليسوا متشابهين، وإن تشابهوا بالمظهر فإنهم
مختلفون بالجوهر.

تاسعا:

في نفس الموضوع أنصحك بأن تركزي في هذه الحياة
على مهنة تختارينها، واختيارها سوف يأخذ منك وقتا:
لذا ركزي على أهم أمر في حياتك وهو المهنة،
واتركي أمر الارتباط إلى الحياة القادمة لأنك سوف
تكونين مرتاحة لأنك اثبت نفسك مهنيا في هذه الحياة
وعرف الجميع بأنك تستحقين المرور إلى حياة أخرى
بجدارة.

عاشرا:

نحن ندعمك بكل شيء، ودائما ونحن موجودون في هذه الحياة، وربما نستمر في الحياة لحياة أخرى، فوالدتك ربما تريد أن تراك عروسا في الحياة القادمة.

لم نقرر بعد، ولكننا سعيدان بوجودك معنا في هذه الحياة، وقد نجازيك بأن نرافقك في الحياة القادمة.

وأخيرا إذا أردت أية نصيحة لا تتردد في الاتصال بي أو المجيء إلى هنا.

جونيا:

شكرا يا والدي على كل النصائح المهمة

السيد جيرالد:

أنا هنا لأجلك يا ابنتي..

أنت ابنتي الوحيدة، وليس لي في الدنيا إلا والدتك وأنت،

تقدمت جونيا إلى والدها وحضنته وقالت:

أنا أحبكما يا والديا

السيد جيرالد:

ونحن نحبك

دخلت عليهما السيدة سارة في تلك اللحظة، وأغرمت بالمشهد الذي رأته وقالت:

ما نصيبي أنا من كل هذا الحب فحضناها، وكان الجميع سعيدا

بداية المشوار

مشوار الحياة

بعد كل ذلك الحب الذي تلقته جونيا من والدها، وكل تلك الرعاية والاهتمام، قامت بتوديعهما أمام بوابة بيتهما وصعدت سيارتها التي كان لها سائق روبوت، رغم أن هناك الكثير من السيارات التي تقود نفسها، ولكن قيادة الروبوت دائما أضمن لسلامة الراكب.

انطلقت دونيا في بداية مشوار حياتها، وأصبحت اليوم تعتمد على نفسها فقط، ولكن تكون لها أية اعتمادات على والديها بالمعنى الذي نعرفه نحن اليوم.

أي أنها لن تتم دعوتها لتناول العشاء، ولن تزورهم قريبا، ولن تكون هناك الكثير من المناسبات، ولا الكثير من الاتصالات الهاتفية.

هكذا هي الحياة في عام 3980 سريعة، وكل مشغول في نفسه، ولا وقت لدي للآخرين، ولو كانت صلة القرابة قوية إلى تلك الدرجة.

يجب أن يعتمد كل شخص على نفسه بالصورة الأولى وبالدرجة الأولى، وأن يبذل جهده للمرور إلى حياة أخرى، أن كان يستحق ذلك فإنه سوف يثبت نفسه وإن حصل العكس، فالعالم لم يعد يتحمل الاتكاليين ولا الضعفاء ولا المعدمين.

ونقصد بالمعدمين الفقراء فكريا والفقراء من حيث الجهد العضلي والطموح أيضا.

المعدم هو كل شخص يعتقد بأنه شيء ذا أهمية، ولكنه فارغ من الداخل.

المعدم هو كل شخص يعتقد بأنه أفضل من الآخرين، رغم أن الآخرين يتفقون عليه بدرجات وبأمور كثيرة، وربما لن يستطيع اللحاق بالركب لا بحياة، ولا بأكثر من حياة.

دخلت جونيا إلى بيتها الذي اختاره لها والدها وتعرفت على الروبوت الطباخ، والعامل في بيتها، وقد أعجبت كثيرا بكل ما وجدت في ذلك المنزل الرائع، والذي كان يخبر عن مدى رفاهية والديها.

لقد وفر لها والداها المحبان حياة رغيدة وجيدة،

تناقشت مع الروبوت **توكا** العامل في بيتها، والذي جال بها في كل الغرف وأوصلها إلى غرفة نومها، وعرض عليها كل أجزاء المنزل في صدره، لأنه يمتلك شاشة خاصة بالأمان والمراقبة.

وبعد أن استقرت في البيت، ووضعت كل
الأغراض التي أحضرتها من بيت والديها استدعت
الروبوت العامل مجددا، وسألته عن بعض الأمور.

سألته وقالت:

هل أنتما العاملان الوحيدان هنا في البيت؟

الروبوت توكا:

أجل.. أنا وريكا منذ أن تمّ بناء هذا البيت أحضرنا
والدك وأصبحنا عمال البيت، والمسئولان عن البيت..

جونيا:

ولكن.. من منكما يعتني بالنباتات التي بالخارج،
وأيضا النباتات الداخلية.

الروبوت توكا:

هناك شركة ترسل فريقا للعناية كل فترة، وهم الذين
يعرفون التوقيت الملائم أما السقي فهم تلقائي.

جونيا:

ولكن.. أنا أريد أن يعتني بها شخص ما وعلى طول الوقت، كما أن لي طلبات لزراعة بعض الأزهار والنباتات التي أحب أن تكون في حديقتي وبيتي.

الروبوت توكا:

حاضر سيدتي.. هذه ليست بمشكلة سوف أفتح لك سجل الشركات، ويمكنك أن تطلبي روبوتا مقاوما للماء، لقد سمعت بأنهم جيدون في مجالهم.

جونيا:

هل يمكنني فعل ذلك؟

الروبوت توكا:

أجل.. طبعا إنه بيتك، ويمكنك أن تفعلي ما شئت.

جونيا:

أطلب الرقم إذن..

بل أقول لك اتصل وأطلب روبوتا

الروبوت توكا:

بدون مواصفات

جونيا:

اختر المواصفات التي تراها جيدة

الروبوت توكا:

سيدتي.. لا استطيع لا يحق لنا أن نختار أي مثل هذه الأمور، وليس لديها حرية التصرف.

جونيا:

إنه أمر وليس حرية التصرف اقرأ المواصفات التي يضعونها واختر ما يلاءم بيتنا

الروبوت توكا:

بيتنا؟

جونيا:

بيتي وأنت وريكا عمال لي..

ضحكت جونيا وقد بدأت تستمتع بالحياة الجديدة التي تبدو جميلة من بدايتها..

اختيار المهنة

في المساء وبعد أن وصل الروبوت البستاني، والذي كان ذا فائدة عظيمة بكل تلك المعلومات التي يحفظها، فقد أجرت معه جونيا حوارا وسألته عن الكثير من الأمور، فيما يتعلق بالأزهار التي تبحث عنها، والنباتات التي تريد إضافتها إلى الحديقة الخارجية.

وكان على جونيا أن تبدأ مشوارها على الفور،
وأن تجد المهنة التي تناسبها في هذا العالم الذي خلقت
فيه، فلا مجال للتهاون.

نادت على الروبوت ريكا وقالت له:

أريد منك خدمة..

الروبوت توكا:

تفضلي.. يا سيدتي.. أنا هنا للخدمة

جونيا:

أريد أن أختار مهنة تناسبني، وأن تكون محببة إلى
قلبي، وأيضا شيء أجيده.

الروبوت توكا:

سيدتي.. أنا لا خبرة لي في المهن والأعمال.

ولكنني أعرف شركة تساعد الناس في هذه الأمور، أما
بالنسبة للمهنة المحببة لك فأنا لا أعرف جيّدا ما هي..

ميولاتك ومجالات اهتمامك، ولا أعرف ما الذي تجيدينه يا سيدتي..

أنا أسف..

جونيا:

لا عليك..

ولكن.. هل تستطيع الاتصال بتلك الشركة؟

وما هو اسم الشركة؟

الروبوت توكا:

اسم الشركة "نحن نورك في الطريق"

وسوف أتصل حالا..، لكي أطلب لك مدير أعمال خاص بك، وهو يستطيع مساعدتك..

جونيا:

حسنا.. سوف أجهز نفسي

الروبوت توكا:

حسنا.. سيدي.. لأنهم سوف يرسلون الشخص المناسب على السريع

جونيا:

الشخص؟

الروبوت توكا:

أجل.. سيدي.. إنهم بشر وليسوا روبوتات

جونيا:

شخص.. إذن..

الروبوت توكا:

ولكنهم.. جيدون في عملهم

جونيا:

حسنا.. لا فرق لدي

المهم أن يكون ذا فائدة

الروبوت توكا:

أنا متأكد من هذا الأمر، يمكنك الاعتماد على رأيي لأنني أعرف بأنها أكثر شركة تقوم بأعمال جبارة إلا أن أسعارهم باهظة الثمن بعض الشيء فالوقت لديهم يعتبر مالا

جونيا:

لا.. يهم..

طالما سنرى النتائج التي نبحث عنها، يمكنني تحمل التكاليف لأن لدي رصيدا خاصا بهذا الأمر.

حسنا.. سيدتي..

القرار الأخير

بعدا ساعة واحدة جاء شاب وسيم إلى بيت جونيا، من أجل أن يساعدها، فقد أرسلته الشركة إلى هناك.

استقبله الروبوت ريكا وأدخله إلى الصالة، وطلب منه الجلوس، وسأله عن نوع الشراب الذي سيتناوله، خلال انتظاره السيدة جونيا.

طلب الشاب قهوة سوداء بقطعة سكر واحدة،
وكأس مياه معدنية.

نزلت الفتاة الجميلة جونيا لتجد ذلك الشاب الأسمر
الوسيم، عريض المنكبين وصاحب الجسم الرياضي،
والتفكير العملي.

عرفها بنفسه وقال:

مرحبا سيدتي أنا ...

من شركة نحن نورك في الطريق

جونيا:

وأنا جونيا جيرالد ....

الشاب:

أعرف ذلك سيدتي.. فقد وصلنا ملف تعريف إلى
الشركة عندما طلبت أحد الموظفين للمساعدة

جونيا:

حسنا.. ولكن لا تنادني بسيدتي أنت تجعلني أبدو أكبر سنا

الشاب:

إنه من باب الاحترام واللباقة ليس إلا..

جونيا:

ولكن.. أظن أننا متقاربان في العمر

الشاب:

بل.. أنا أكبر منك بحياة

جونيا:

أليست هذه حياتك الأولى؟

الشاب:

لا، إنها حياتي الثانية، ومهنتي التي أحبها هي مساعدة الآخرين، وأنا فعلا أجيد ذلك.

جونيا:

أتمنى.. حقا أن تساعدني

الشاب:

ومهمّتي أن أجعلك تجدين ما يناسبك، ولن ينتهي عملي حتى أتأكد بأنك تشعرين عن الرضا فيما يخص مهنتك

جونيا:

وذلك ما أريد.. لذا نصحني الروبوت ريكا بالاتصال بشركتكم، وأظن أنه كان معه حق..

الشاب:

آمل أن لا أخيب ظنك..

وأنا سوف أرافقك في الاختيار وبداية المشوار، وأساعدك لكي تضعي قدمك على الطريق وليس فقط على أوّله.

جونيا:

جيّد.. هذا أمر جيّد

الشاب:

كما أن لي دورا عندما تختارين المهنة، لأنني سوف أرسم لك إستراتيجية لعملك

جونيا:

لقد استمتعت بالحوار معك.

لقد كان شابا حسن المظهر لبق التعامل ورقيقا في المعاملة، وله طريقة جذابة وسلس.

كما أنه كانت لديه الكثير من الأفكار والاقتراحات، لقد أعجبت جونيا به وبشخصيته كثيرا.

ثم قال لها:

في البداية اسمح لي أن أعرف ما هي ميولاتك بالترتيب، واذكري كل المجالات لو سمحت..

جونيا:

لقد درست سينما..

الشاب:

المهنة لا تتعلق بالدراسة إلا إذا كنت حقا تحبين المجال الذي درسته

جونيا:

أجل أنا أحبه كما أنه مجال والدتي

الشاب:

ولكن.. والدتك لم تكن ممثلة ولا مخرجة سينمائية

جونيا:

أجل.. ولكنها كانت تحب التمثيل وتريدني أن أصبح

ممثلة

الشاب:

لا يجوز ذلك..

جونيا:

ماذا؟

الشاب:

أن تجبرك على مهنة هي تحبها

جونيا:

ولكن.. أنا أحب ما أحبته والدتي

الشاب:

هذا أمر جيد..، ولكن لا يجب أن تجبري على مهنة،
المهنة حياة..، ويجب أن تحبي مهنتك لكي تحبي الحياة

جونيا:

ومن أجل هذا..، طلبت المساعدة أريد أن أعرف أكثر
مهنة تناسبي لأنني أفكر في الكثير

الشاب:

أنا سوف أساعدك، وسأكون عند حسن ظنك
فهذا عملي..

جونيا:

أرجو ذلك.. لأنني متحمسة كثيرا للبدء بمهنتي

الشاب:

والآن.. هيا.. أخبريني ما هي المهن التي تفكرين فيها بالضبط؟

وسوف نتوقف عند كل واحدة ونجري عليها دراسة حتى نتوصل إلى أكثر مهنة تليق بك.

جونيا:

حسنا..

الشاب:

ولا تنسي أي مهنة فربّما يكون في تلك الحالة علينا البدء من جديد..

جونيا:

اسمع أنا أحب التمثيل مثل والدتي..

الشاب:

انتظري رجاء..

جونيا:

ماذا هناك؟

الشاب:

لا تفكري في أي شخص أخر، يجب أن تركزي
تفكيرك عليك أنت فقط

جونيا:

حاضر..

الشاب:

جيّد.. لنتابع أو لنبدأ من جديد

جونيا:

حسنا ..

الشاب:

ما هي المهن التي تحبينها؟

جونيا:

أحب التمثيل

الإذاعة

الرقص

والغناء

و ...

الشاب:

و .. ماذا؟ لما سكتت أكملي كلامك رجاء

جونيا:

أحب الرسم.. ولكنني لا أبحث عنه كمهنة، كما أنني أحب النباتات أيضا..

الشاب:

لا عليك.. لا تقلقي..

لدي فكرة..

جونيا:

وما هي؟

الشاب:

دعينا نختار لك مهنة في البداية من المهن الأربعة التي ذكرتها.

ثم بعد ذلك لنجعل الرسم هواية لك، وسوف أجعلك تنمين هذه الهواية.

جونيا:

هواية؟

الشاب:

أجل.. هواية..

الهواية.. هي ممارسة أمر يجعلك تشعرين بالسعادة،
وأنت تحبين القيام به، كما أنك تستطيعين تعلمه وإتقانه
فقط بوجود حبك له في داخلك.

جونيا:

سوف.. يصبح الرسم هوايتي إذن..

الشاب:

هل أنت سعيدة؟

جونيا:

بل.. سعيدة جدا..

الشاب:

ولك خبر آخر.. سوف يجعلك تشعّين أكثر سعادة

جونيا:

ما هو الخبر السعيد؟

الشاب:

بالنسبة لأمر البستنة والأزهار.

جونيا:

ماذا عنها؟

الشاب:

لقد كانت والدتي تجيد ذلك وتحب عالم الأزهار
وتسميه عالمها، وأنا لدي فكرة لك..

جونيا:

هيا.. أخبرني بها

الشاب:

سوف أعلمك أنا كلما علمتني والدتي وأظن أنك سوف
تحبين الأمر كثيرا

جونيا:

لقد شوقتني لرؤية والدتك

الشاب:

للأسف لم تعد في هذه الحياة، لقد فارقتني في حياتي
الأولى..

جونيا:

أنا آسفة لسماع ذلك..

قام الشاب من مكانه وراح يتذكر والدته، ويكلم جونيا ويقول:

لا عليك..

لقد كانت امرأة طيبة وتحب الأزهار مثلك

جونيا:

شكرا لك يا ...

الشاب:

لا تشكريني، هذا واجبي والآن هيا إلى العمل

جونيا:

هيا بنا..

قام جوليان بجعل جونيا تجرب كل المهن التي اقترحتها هي بداية بأول مهنة وصولا إلى الأخيرة.

التمثيل

الإذاعة

الرقص

والغناء

كما أخبرها بأنه يمكنها أن تبحث من جديد عن مهن أخرى، إذا حدث ولم تنل إعجابها أية مهنة من المهن الأربعة.

وقد كانت التجربة رائعة، فقد كان يحمل معه لوحا الكترونيا يمكنه من خلاله أن يعرض عليها تفسيرا وتعريفا بكل مهنة، ويعرض عليها الايجابيات والسلبيات لكل مهنة.

وأيضا يعرض عليها جدول العمل، والساعات اللازمة من أجل تحقيق النجاح في كل مهنة.

والمزايا والترقيات والإجازات والعطل والمناسبات.

والأيام التي قد تتطلب ساعات عمل إضافي أو العمل في البيت أو العمل في المناسبات.

وعرض عليها الرواتب لكل مهنة، وسنّ التقاعد وأيضا عرض عليها المهن التي لا ينتهي العمل بها، والمهن التي قد تصبح إدمانا.

شرح لها أيضا عن الشهرة والنجومية، فكل المهن التي اختارتها ترتبط بشكل مباشر مع الشهرة.

كما أنه قد عرض عليها شكلها في كل مهنة فكل مهنة تتطلب شكلا خارجيا مختلفا عن الأخرى، وقد غير لها شكلها أكثر من مرة، ولكن فقط على اللوح الالكتروني.

وقد كان لديه برنامج مثل اللعبة يمكنه أن يدخل صورة أي شخص ويضعه في قالب عمله، وإذا بالبرنامج يعرض له شكل الشخصية، وطريقة كلامها، وطريقة عملها.

مصنع المهن

بعد ساعات من الجلوس معا، وبعد أن عرض جوليان على جونيا المهن، وكل ما يتعلق بها.

لقد أعجبت جونيا بأول اجتماع لها مع شخص غريب، فقد كان أول اجتماع لها في الحياة مع والديها، وجونيا هو أول شخص تجتمع معه لأجل عمل في الحياة الحقيقية.

وقد كان جوليان مساعد جيدا لها، وقد ساعدها وقدم لها الكثير من المعلومات المفيدة، وكان من الجيد توظيفه لديها.

لقد قررت أن يصبح مدير أعمالها، وقد وافق بشرط وقال لها:

لا يمكنني أن أوافق إلا بشرط واحد، وإن تحقق الشرط سوف أصبح مدير أعمالك.

جونيا:

حسنا.. وما هو الشرط؟

جوليان:

لا تخافي إنه ليس شرط تعجيزي، بل هو ممكن..، وممكن جدا

جونيا:

أثرت فضولي.. أخبرني ما هو؟

جوليان:

لا يمكنني أن أصبح مديرا لأعمالك إلا بعد أن تختاري مهنة..

وانفجر الاثنان بالضحك، ثم قالت جونيا:

أظن.. أنني قد اخترت المهنة التي أحببتها أكثر، وأرى نفسي فيها..

جوليان:

ما هي؟

جونيا:

إنه الغناء..

لقد أحببت الغناء أكثر شيء..

وأرى نفسي مطربة عالمية..

جوليان:

أحسنت..

أوافقك الرأي..

لقد رأيت بأن صوتك الجميل يستحق بأن تصبحي مطربة، فأنت تمتلكن موهبة حقيقية..

كما أنني أرى بأنك كلما بدأت الغناء بدا وكأنك تحلقين مع العصافير..

صوتك حقا جميل

احمرت جونيا خجلا، وقالت:

شكرا.. لقد أحرجتني..

بعد أن توصلت جونيا إلى مهنتها بمساعدة جوليان، جاء دور مصنع المهن اتصل جوليان الذي أصبح مدير أعمال جونيا بمصنع المهن، وأرسل لهم السيرة الذاتية لجونيا، وكل المعلومات التي تتعلق بعائلتها وبمسارها الدراسي وطلب منهم أن يقوموا بإكمال المهمة من أجل انطلاق مشروع حياة جونيا.

مصنع المهن هو مصنع كبير، بل هي شركة كبيرة وعالمية، ولا يوجد منها إلا فرع واحد على

جزيرة، وهو من طوابق عديدة، ولا توجد إلا طائرة واحدة تستقبل هناك، والتي لها محط على الجزرة.

وأيضا توجد سفينة واحدة تنقل السلع إلى هناك من حديد ومئونة للعمال أيضا.

تختص هذه الشركة في صناعة المهن

وكيف يكون ذلك؟

الشركة تستقبل كل المعلومات عن الشخص الذي يطلب الخدمة، وتقوم بتصنيع نصف روبوت، ونصف بشري وهذا الأمر قانوني تماما وهو عمل هذه الشركة، والوحيدة التي تقوم به بطريقة قانونية.

ويقومون بإعطاء كل التعليمات لهذا الروبوت من أجل أن يصبح نسخة حقيقية عن الشخص الذي يطلب الخدمة منهم.

كما أنه يجب على جونيا زيارة الشركة، بشكل شخصي لإجراء بعض الإجراءات الأخيرة.

مثل توقيع الأوراق..، ودفع المستحقات..

هذه النسخة التي سوف يقوم المصنع بتصنيعها، هي نسخة واحدة على مدى الحياة، والمصنع لا يقوم بتصنيع إلا نسخة روبوتية بشرية واحدة.

ولكن يمكنه تعديل المهنة أو تغيرها في حالة ما إذا تراجع الزبون عن مهنته وطلب تغيرها، إلا أن الأمر يحتاج وقتا أكثر بكثير منه في بداية التصنيع.

تتكفل شركة مصنع المهن بالصيانة الدورية على مدى الحياة وعلى عاتقها، ولكن عند المرور إلى حياة أخرى فإنها تتقاضى مبلغا من المال من جديد، لأنها تعطي تصريحا بمرور النسخة الروبوتية البشرية إلى الحياة الموالية، برفقة الشخصية الحقيقية.

النسخة الروبوتية البشرية

تمتلك هذه النسخة الروبوتية البشرية نفس مواصفات الشخصية الحقيقية الظاهرية.

فهما لهما نفس الطول والوزن، ونفس لون البشرة، والعيون، ونفس اللوك أو المظهر والشكل الخارجي من لون الشعر، وكل تلك التفاصيل الصغيرة.

وتمتلك نفس الميولات والهوايات، ولكن ليس كلها

بل تركيزها على المهنة، والتي كانت في حالة جونيا الغناء..

هذه فهذه النسخة والتي أطلق عليها جونيا ار جيرالد اكس

والحرف الملتصق باسم جونيا ار يعني أنها روبوت جونيا الخاص بمهنتها، والجميع لديهم مثلها، فلا أحد يقوم بعمله بنفسه، بل لكل شخص روبوته الخاص الذي يعمل نيابة عنه، ولكن الاختيارات تكون للشخصية الحقيقية، فهي صاحبة الاقتراحات والاختيارات، والروبوت يؤدي العمل فقط.

الروبوت ليس حيًا مثلا الروبوت ريكا وتوكا أي أنه لا يعمل بدوام كامل، بل هو روبوت موظف في مهنة، والشخصية الحقيقية هي التي تحدد له ساعات العمل من خلال جداول زمنية للعمل، يقوم بتجهيزها جوليان مدير أعمال جونيا بالتعاون معها.

وبعد كل ساعات من العمل مثلا تسجيل أغنية أو إحياء حفلة، فإن الروبوت جونيا ار يخلد إلى النوم فورا ويتم إيقاظه من أجل العمل في كل مرة.

الملابس والأزياء والمظهر تختارهم جونيا أيضا بالتعاون مع مدير أعمالها، بالإضافة إلى الحفلات ولكن الروبوت جونيا ار لا تسافر ولا جونيا الحقيقية، بل تكون الحفلات ببث مباشر ينقل عبر الأقمار الصناعية والجمهور يستمتع بها كثيرا.

أما بالنسبة للقاءات التلفزيونية مثلا واللقاءات الصحفية فهي كلها على مسؤولية جونيا، ولا دخل لجونيا ار فيها نهائيا.

بعد أن مر أسبوع وأصبحت جونيا ار جاهزة نقلتها الطائرة الخاصة من مصنع المهن إلى مقر الشركة في المدينة، حيث كانت في استقبالها جونيا ومدير أعمالها جوليان.

سرت جونيا بنسختها الروبوتية جونيا ار فاصطحبتها إلى بيتها، ولم تكن النسخة تعمل لأنها لا تستيقظ إلا وقت العمل.

هناك الكثيرون الذين يتركون نسخهم في عهدة الشركة التي تمتلكك فندقا خاصا بالنسخ، ولكل نسخة غرفتها الخاصة، وهناك من يأخذ نسخته إلى بيته، وهذا راجع إلى الحرية الشخصية.

لقد قررت جونيا أن تصطحب النسخة لأنها تمتلك بيتا كبيرا، وأيضا لديها الكثير من الوقت فهي لازالت في بداية حياتها، وتفضل أن تأخذها إلى بيتها، على العكس مع الكثيرين الذين لديهم مشاغل أخرى أو ربما لم يعودوا يشعرون بأنه قادرين على تحمل المسؤولية كاملة.

ومنهم من فقط يريد أن يخلي مسؤوليته، ويترك الأمر للشركة التي تتقاضى المزيد من الأموال لأجل الرعاية الإضافية واستضافة النسخ.

لقد كان جوليان أيضا معجبا بالعمل الذي أنجزته شركة مصنع المهن.

عاد جوليان وجونيا والنسخة الروبوتية جوليا ار إلى البيت والجميع سعداء.

بعد ذلك أخذ جوليان جوليا ار إلى غرفتها بمساعدة الروبوت توكا وريكا، وقد كانت لها غرفتها الخاصة في الطابق الأسفل.

جلس جوليان مع جوليا لأجل الاتفاق على الأغنية التي سوف تطلق بها اسمها إلى العالمية.

ولكن.. جوليا أخبرته بأن الروبوت ريكا الطباخ قد جهز بعض الحلويات للاحتفال.

فاحتفل الجميع وقد كانوا سعداء جدا بالانجازات الجيّدة التي أنجزوها إلى حد الآن.

لقد كانا يمثلان فريقا متجانسا

كانا يمثلان ثنائيا رائعا

كما أن الاثنان قد شعرا بذلك

يبدو أن هناك شيء مشترك بينهما.

اختارت جونيا مع جوليان الأغنية التي سوف
تؤديها جوليا ار للتعريف بجونيا، وقاما أيضا باختيار
الكلمات والألحان.

كان جوليان قد اشترك لجونيا في أكبر وأشهر
موقعين لبيع كلمات الأغاني والألحان.

وكلمات الأغاني والألحان تباع في الموقعين فقط
لمرة واحدة أي أنها لا تباع لأكثر من فنان.

كما أنه لا يمكن لأي شخص دخول الموقعين إلا
باشتراك ضخم يدفعه كل سنة.

دخل جوليان بصفته مدير أعمال فنانة صاعدة،
وقد دخل من حساب جونيا التي تمّ التعريف عنها بأنها
فنانة وقرأ الكثير من الكلمات مع جونيا للاختيار منها،
وبعد ذلك سوف يأتي دور موقع الألحان ليختارا لحنا
مناسبا لتلك الكلمات.

ولكن قبل أن يفتح الموقع قد سأل المطربة جونيا
عن اختيارها، وماذا تريد أن يتوفر في الأغنية.

مثلا قد سألها:

هل تريدين أغنية هادئة أو سريعة؟

سعيدة أم حزينة؟

طويلة أم قصيرة؟

بلغة واحدة أم مختلطة؟

وكل هذه الأسئلة وغيرها يتم الإجابة عليها في
الموقع من أجل تحديد أكبر للاختيارات، ومن أجل
اختصار الوقت.

أما بالنسبة للألحان.. فهي أيضا تخضع للإجابة

عن أسئلة مماثلة وهي:

لحن قوي أو خفيف

لحن سريع أو هادئ

لحن غربي أو مختلط

لحن قديم أو عصري أو يصلح لعصور أخرى

لحن ذكوري أو أنثوي

وغيرها من الأسئلة.

بعد أن اختارت جونيا وجوليان الكلمات التي نالت إعجابها واللحن، قام جوليان بتنزيل اللحن على الكلمات بمساعدة برنامج خاص قد أعطته لها شركة مصنع المهن من أجل جونيا ار لكي يتم بواسطته وضع الكلمات على اللحن.

وأيضا يتم إدخال صوت جونيا عليها وهذه الميزة تتبع جونيا ار.

وبعد ذلك وضع جوليان الأغنية في ذاكرة جونيا
ار ويربط بينها وبين الكلمات واللحن

وهكذا أصبحت جونيا ار جاهزة للحفل الأول،
ولكن جونيا أرادت أن تسمعها مع جوليا لأول مرة.

لقد كان من برنامج جونيا ار أن تقوم بالبروفات
التي قد يطلبها العمل، لذا اعتبرت جونيا بأن جونيا ار
تؤدي أمامها أول عرض في شكل بروفة.

كانت جونيا تجلس إلى جانب جوليان وهي تستمتع
بالأغنية التي اختارتها رومانسية، وتعبر عما تشعر به
تجاه جوليان.

لقد التمس جوليان تلك المشاعر، فقد أعجب بجونيا
هو الآخر، وكان يشعر بكل ما تشعر به هي.

لم يكن جوليان مرتبطا وقد كان هذا يعطيهما
فرصة لإنجاح تلك المشاعر والصعود بها إلى مستوى
آخر.

وهكذا كانت تلك الأمسية رائعة وشاعرية وناجحة
وقد أظهرت الكثير، وازدهرت بكثير من ورود
المشاعر والنتائج المرجوة للعمل أيضا.

أي أنها كانت أمسية ناجحة بكل المعايير مهنيا
وحتى على الصعيد الخاص.

الحفل الضخم

هكذا في اليوم الموالي وبعد أن حجز جوليان على الأقمار الصناعية حفلة، لإطلاق الأغنية والإعلان عن ولادة مطربة جديدة وهي جونيا.

اتصلت جونيا بوالدها السيد جيرالد ولوالدتها السيدة سارة وأخبرتهما بموعد الحفل، وأنها تريد أن

تشاهده معهما على المباشر لذا هي تدعوهم إلى بيتها، لأن جونيا ار سوف تؤدي أمامهما وأمام الكاميرا التي تبث على الهواء مباشرة.

وأخبرتهما أيضا بأن مدير أعمالها جوليان سوف يكون موجودا.

لقد كان والدها يشعر بالفضول لمقابلة هذا الرجل الذي ساعد ابنته كثيرا في بداية مشوارها، وله بعض الفضل في نجاحها إلى حد الآن.

وهكذا في اليوم الموالي جاء والدا جونيا إلى الحفل البسيط في بيت جونيا، بحضور جوليان مدير أعمالها.

وعندما حان الوقت وبعد أن تم تجهييز جونيا ار التي وظفت جونيا من أجلها موظفة أخرى لكي تهتم بملابسها وشعرها وماكياجها، أي أنها كانت أخصائية مظهر قد تم توظيفها لكي تعتني بكل تلك التفاصيل.

الموظفة الجديدة كانت بشرية وهي سيّدة قديرة ولها مشوار طويل في هذا المجال، وهي تعرف ما يجب فعله أكثر من غيرها.

وبحضور الجميع تمّ الإعلان عن الحفل ثم بدأت الفنانة الجديدة تغني في مسرح تمّ تجهيزه من طرف جوليان مدير الأعمال، بينما وضعت بعض الكراسي في الجهة المقابلة من أجل الجمهور.

والجمهور كان السيد جيرالد والسيدة سارة وجونيا وجوليان وأيضا الاستايلست والروبوتان ريكا وتوكا.

استمتع الجميع بتلك الحفلة التي كانت ناجحة جدا على القمر الصناعي، وقد وصل إلى جونيا أصداء جيّدة وذكرت في كل الصحف الموسيقية، وتناولها النقاد الموسيقيون وتوقعوا لها مشوارا جيدا ونجاحا في المستقبل.

في نهاية الحفلة وقبل مغادرة الجميع، فكان من غادر فقط الاستايلست تقدمت جونيا من والديها، وأخبرتهما عن رغبتها في الارتباط بجوليان.

وافق الوالدان لأن السيد جيرالد قد أعجب بالشاب كثيرا، ولكن كان بشرط أن لا يستعجلا في الزواج، وأضاف يمكنكما الارتباط في الحياة القادمة.

فقالت السيدة سارة:

يا له من خبر مفرح، سوف نساعدكما في كل ما يتعلق بالزفاف

وهكذا كانت قصة جونيا وجونيا ار ومصنع المهن

Sommaire